하늘의 로또

시와소금 시인선 · 094

하늘의 로또

이무상 시집

시와소금

- 1940년 춘천 서면 출생.
- 1979~1980년《현대문학》추천 완료로 등단.
- 시집으로「사초하던 날」「어느 하늘별을 닦으면」「향교골 시첩」「봉의산 구름」
  「끝나지 않은 여름」이 있음.
- 저서로「우리의 소슬뫼를 찾아서」「나무로 서서」「소나무골 이야기」가 있음.
- 한국예총 강원지회 감사 및 이사, 부지회장 역임.
- 춘천 삼악시 회장, 수향시 낭송회 초대 회장, 한국문인협회 춘천지부장 역임.
- 한국문인협회 강원도지회장, 한국문인협회 이사, 한국문협 지부 지회 발전위원장 역임.
- 한국현대시협 자문위원, 한국문협 지부 지회 협력위원 역임.
- 강원문학상, 강원도문화상(문학부문), 한국문학백년상 등 수상.
- 현재 강원문협 및 강원다문화복지신문 고문. 문소회 회장.

- 주소 : 춘천시 춘천로281번길 14-9 (로얄맨션) 204호
- 휴대폰 : 010-7316-3618

주위 사람들이 이야기한다.
"시인이 시를 안 쓰고 무엇을 하느냐?" 였다.
문득 자신을 돌아보니 부끄럽다.
2009년 고희古稀문집과 함께
6.25 서사시집 『끝나지 않은 여름』을 상재하고
10년이 넘도록 침묵하고 있었으니 말이다.

그러나 그동안에 한 일도
결코 헛된 일은 아니나 왠지 민망스럽다.
하여, 틈틈이 메모하였던 작품들을 정리하여
여섯 번째 시집을 묶는다.

2019년 4월

이무상

| 차례 |

| 시인의 말 |

제1부 나는 바바리안

제2부 아름다운 담장

제3부 봉의산을 바라보며

제4부 보문사 마애 석불

제 1 부

나는 바바리안

겸허謙虛
— 김유정 선생 탄생 100주년에

김유정 선생 방엔 언제나
겸허謙虛라는 좌우명이 있다

배우기는 쉬우나
실천이 어렵듯
일상에서 아는 것을
행동으로
보여주는 사람은 적다

겸허謙虛라는 말은
마음을 비우는 것이요
낮아지는 것이요
겸손해지는 것이다

오늘 또 한 번
선생의 인품을 생각한다

실레마을에서

— 김유정 선생을 생각하며

산골 마을
마을이 시루 속 같다 하여
'실레(시루) 마을'이라 하고
'시루 증甑 자'를 써서
'증리甑里'라 부르는 마을
이 마을 427번지가 선생의 생가生家였네
숙종의 외가外家이며, 6천석 집안의
청풍 김 씨淸風金氏

세월 속 가문家門도 기울고
자손들 모두 떠나
선생의 생가도 밭으로 변했던 때
우울하던 날의 그 작품들은
환한 빛이 되어 귀향하였지

1968년 의암호 변
선생의 문인비를 시작으로
금병의숙錦屛義塾에 기적비紀績碑

그리고 2001년 생가의 복원과 함께
문학관이 세워지면서 마을도
'김유정 문학마을'이 되었지

아, 고향을 떠난 지 85년
돈 100원 만들어 닭 30마리 고아 먹고 싶다던
그 소원 이루지 못했지만, 그 글들은
천군만마가 되어
고향 지키는 주인이 되었지
활짝 갠 하늘의 환한 웃음

한가롭던 산골 마을
선생을 만나려는 많은 문객門客들로
문전성시를 이루는 오늘
그 이름 김유정 문학마을!

* 금병의숙 : 1932년대에 마을의 조명희, 조카 김영수와 함께 농촌계몽 운동과 함께 금병의숙
이란 야학당을 만들어 우리한글을 가르침.

눈부신 태양

태양을 보고 있으면
신비롭고 경이롭다

세상 모든 것
시작이 있으면 끝이 있고
태어나면 죽기 마련인데
태양은
수백, 수 억 년
그 자리
그 모습, 그 빛 변함이 없다

1960년대 우주 과학자들은
태양이 빛을 다했을 때를 대비하여
인조人造 태양을 연구하기도 하였는데
그 기우杞憂 사라졌으나
우주의 신비는 감격으로 남는다

그러므로 인간은

감사하며 살아야 할
이유인지도 모른다

길을 걷다가

나는 때로 길을 걷다가
문득문득 놀란다
내가 걷고 있는 이 거리가
대한민국인가?

걷다 보면
언어가 다르고 피부가 다른
젊은이들이
한가롭게 몰려다니고
검은 피부의 젊은 여인이
어린아이를 안고
서툰 우리말로 누군가를 부른다
낯설다

그런가 하면
옛날에는 우리의 표준 키가
남자는 164.5센티
여자는 152.8센티이면 모두

큰 키라 하였는데
요즘 젊은이들은
보통 170~180센티 이상의 키에
몸집 또한 장대하다 보니
거리가 언제나 낯설다

정말 내가 걷고 있는 이 거리가
대한민국인가?

눈[雪]과 시인

― 趙成林 시인에게

눈이 왔다고 신명 난 아침
전화가 왔다
"오늘 같은 날 술 한 잔 하셔야지요?"
눈 분분히 날리는 길을 나선다
평소에 말이 없던
취하면 자청의 가곡 한마디
그 몸짓 그 웃음이 작품인 시인
후평2동 갯배집에서 만났다

언제 연락이 됐는가?
반가운 이웃들
J시인은 아침에 쓴 시를 읊고
소녀 같은 B소설가는
그의 음색 음보로 또 읽는다

도연명陶淵明의 시를 읽다 온 한낮
그 싯귀 떠 올린다
"삶이란, 번갯불에 놀라듯 빠른 것."

그러나 사람들은
쇠털 같은 날이라 낙락樂樂한다

반갑네!
자네는 지천명에 길을 알고
나는 고희에 길을 보았으니
자네는 얼마나 현명한가!
돌아가세!
도연명의 시골에는 거짓 없는 흙 있고
일 한 만큼 열매 있으니
돌아가 김이나 매세!

복되게 흰 눈송이 날리는
담백한 수채화의 창
짜릿하게 우리는 또 취하고 있었다

백목련 · 2

아직 떠나지 못한 겨울이
골짝마다 숨어
씽- 씽- 나뭇가지를 흔든다

참새 떼 모여 놀던
앙상한 가지
불끈! 불끈!
아, 무엇이 그리도 급했을까?
잎도 걸치지 못한
하얀 속살로
환하게 웃고 있는 꽃송이들…

넓은 담장 안
관목灌木이며 교목喬木 속
홀로 봄을 전하는
백목련 한 그루

나는 바바리안

비행기에서 떨긴 콜라병을
신神이라 생각하는 사람들
셋 이상의 수가 없고
그 이상은 필요치 않은 종족
우리는 그들을 미개인이라 부른다

오늘의 생필품이
핸드폰, 승용차, 이메일
어느 것 하나 가진 것 없는
그리고 아직도
몇 세기적 담배를 물고 있는
나는
세기世紀의 바바리안

* 바바리안(Barbarian) : 미개인

5월의 봉의산

아름답다
푸른 이끼 바위며
연초록 연미복의 나무들

하늘색 붓꽃, 정초한 병꽃
그윽한 함박꽃, 화사한 층층나무꽃
꽃비 뿌리는 마가목꽃
선비의 기품인 적송赤松
투박한 서민의 굴참나무
아카시아도 순백의 향기로
송홧가루 나른다

지난가을 썰렁한 자리
그 서럽던 밤 떠나고
5월은 눈이 부시다

아, 어디서 본 새일까?
새 한 마리 나뭇가지에 앉아

까닥까닥 절을 한다.
산은 혼자 있어도 외롭지 않다

나의 책방

내 집에는 크고 작은 책꽂이 20여 개 있다
그 책꽂이에는
나이를 알 수 없는 많은 책이 자리하고
서가에 서지 못한 책들은
곳곳에 키를 대고 누워 나를 바라본다
누구도 사 갈 수 없고
줄 수 없는 많은 책…

주인은 책을 보며 잠이 들고
또 눈을 뜬다
비록 작은 책들이나 그 책 속에는
우주가 있고, 사상이 있고
나를 지켜주는 눈들이 있다

혼자 있어도 외롭지 않은
혼자 있어도 두렵지 않은
좌절할 때는 용기를
오만할 때는 겸손을

말없이 가르치며
내 인격을 만들어준 책들…

아무도 오지 않는 내 책방에는
책에 묻혀 사는 주인 하나 있다

소녀 크라라에게

해마다 소녀는
성탄 카드를 보낸다
간결한 안부와 함께,

소녀의 엽서를 받으면 힘이 솟는다
토라졌던 얼굴들이 다시 돌아와
환하게 웃듯
얼음이 녹는 봄바람 같다

언제나 고독한 먼 여행길
함께 걷는 이웃이 있어
참 행복하다

산성山城

흩어져 있던 돌들이 모여
산성이 되었다

모양이 다르고 속성이 다른 돌
키를 맞대고 성이 되었다
수백 년
또
수 천 년
고향 지켜 온

한 겨레, 한 민족의
남과 북
산성의 돌들처럼
하나 되어
이 땅
이 국토를 지켜 갈 수는 없을까?

뉴스를 보며 · 1
─ 남녀동등권

결혼한 남녀를 내외라 하듯
여자는 집안일
남자는 바깥일이
우리 사회의 질서였고
생활의 기본이었다

그러다 6.25 전쟁으로
폐허가 된 국토를 재건하던 때
나라엔 경제공황이 일고
국민경제가 어렵게 되자
정부에서는 외화벌이를 위하여
젊은이들을 외국으로
파송하게 되는데, 그때
서독엔 광부며, 간호사들
월남엔 참전용사들
사우디아라비아엔 건설공사 등을 보내고
내국에서는 새마을운동과 함께
경제개발 5개년계획이 시작되어

집안일이 전부였던 주부들도
생활전선으로 뛰어들게 되는데, 그때
여성들은
남성 우월주의 우리 사회에 저항하여
남녀동등권을 부르짖게 되었다
남녀동등男女同等

그러던 때 우리 우방이며
문화가 앞선 서양은
여성 우선주의인
퍼스트 레디(first lady) 사회였다

뉴스를 보며 · 2
— 미투 Me Too

무술년 황금 개띠 해
역사 이래 처음인 뉴스가
연일 언론을 독점하고 있다

1894년 탐관오리에 저항하여
일어난 운동이
동학란이며
갑오개혁이었다면
이번의 운동은
가부장적家父長的 사회에 저항한
여성들의 반항이었다

법조계의 한 여검사 서지현이
성추행을 고발하면서
그동안 암 덩어리로 존재하던
여성들의 불만이 이곳저곳에서 폭발한 것이
"나도 그런 일이 있었다."는 미투Me Too였다

미투(Me Too)!
남녀의 이야기는 두 사람만이 간직 할 때
아름다운 것이나
그 이야기가 다른 사람에게 건너갈 때는
건너간 만큼 추해지듯
변해가는 사회를 실감하고 있었다

뉴스를 보며 · 3

― 대한항공

항공사 계열의 으뜸인 대한항공
'땅콩회항' 이며
'물컵 투척 사건' 이 있으면서
회사는 추락하고 있다

옛날 어렵던 시절
자본주의 사회에서는
흔히 있을 수 있고
볼 수 있었던 그러한 일들
그러나 오늘엔
법정문제가 되고
톱뉴스가 되고 있다

갑질甲質!
국어사전에도 없는 신조어
옛날 흙먼지 길이 포장도로가 되고
먹을 것이 없어 쌀을 빌리러 갔던
그러한 시대가 지나

급변하는 사회에 살고 있으면서
생각이나 행동은
언제나 그 자리
그 모습으로
있다 보니 생긴 일이었다

시대가 변하듯 생각도 달라져야 한다

내가 아는 박 규

박 군의 직함은 석재회사 부사장
전화를 걸었더니 바쁘다 한다.
며칠 후 그의 전화,
"춘천 XX횟집에서 7시쯤 뵙지요!"

우리는 왜소했던 시간을 이야기하며
백세주에 취하고 있었다
1시간, 2시간, 3시간
박 군이 화장실에 간 사이
주인에게 계산했다
일금 8만 원
화장실에서 나오던 그는
조용히 계산대로 갔다

빠른 걸음의 발소리
"오늘, 이 자리는 제가 선생님을 모신 자립니다."
"아니야, 나도 한 잔 사고 싶었어!"
"아닙니다, 그건 안 됩니다."

"이번만 양보하게!"
"안 됩니다. 그렇게 할 수 없습니다."
5만 원권 2장을 꺼내 내 주머니에 넣으며
"선생님의 일을 해 드리고부터 일들이 잘 풀려
 선생님께 인사드리고 싶었습니다."
처음 듣는 이야기였다

세상에는 고마운 이웃들이 많다

춘천

화악산, 대룡산
삼악산, 용화산
산으로 둘린 분지의 땅

언제나 맑고 넉넉한
소양, 춘천, 의암댐이
수문을 열어
물처럼 맑은 인심을 흘려보내고
그 물가 봉[鳳儀山]과 황[鳳凰臺]이
성스럽게 고향을 지켜주는 곳

영조 때의 대학자 이익李瀷이
제2의 도읍을 춘천으로 옮겨야 한다는
상소에 따라
나라님이 몽진蒙塵 할 수 있는
이궁離宮도 지어 놓았던 땅
한국갤럽조사에선
전국 151개 시군 중

가장 살기 좋은 곳으로 뽑힌 땅

새소리 물소리의 자연
삶에 지친 피곤
맑게 씻어주는 산수
한양 길 50~60분의
고속전철이며, 고속도로
하룻길 산행의 크고 작은 산이며
수변의 낚시터들
맥국貊國의 옛 도읍지 그 춘천

"고향을 떠나봐야 고향을 안다." 했는데
고향을 떠나본 일 없는 서생書生을
사람들은
순진하다! 촌놈이다! 라고 한다

아, 내 고향 춘천

소양강 · 1

갈대들 창날 세워 서고
청둥오리 떼
거북선 모양 떠다닌다

종일, 강을 지키는 낚시꾼
빈 낚시 건져 또 멀리 던진다.
아버지를 닮은 산(고향을 지켜 온)
어머니를 닮은 강(쉴 줄 모르는 근면)
아득한 날
강으로부터 국가가 시작되어
나라[國]의 어원이 나루[津]이듯
조상들 살아온 옛 터전

강변엔 바람 한 점 없고
깊은 강 속엔
흰 구름만 떠 있다

소양강 · 2

여름철 반짝이던 모래펄
지금은 깊은 수궁水宮이 되어
월척의 어족들이 놀고
긴 날을 그늘에 울던
어머니의 빨래터엔
갈대들만 무성하다

6월의 한 맺힌 소양강
불꽃의 총성과 작열灼熱의 포탄
그리고 쌓인 시체들…

슬픈 역사의 강변엔
자고 나면
낯선 빌딩
낯선 사람들 있고
그날의 소양강 대첩을 기념하는
전적비엔
옛 모습의 병사들이
말없이 강변을 지키고 있다

능소화와 전계심全桂心*

누구를 기다리나요?
담장 높이 피어
먼 길 내려다보는…

사람들은
한 번의 성은에 임 기다리는
궁녀의 화신이라 하고
어떤 이는
마음 허락했던 부사府使를 기다리는
기녀의 화신이라 하였다

한여름
우아하고 요염한 꽃
추한 모습 보이기 싫어
활짝 핀 모습으로 떨어지고 마는
동양에선 〈양반 꽃〉이라 하고
서양에선 〈트럼펫 꽃〉이라 부르는 꽃
나는

전계심全桂心 꽃이라 부르고 싶다

러시아의 삼색三色 기
— 1991.01.08. 레닌그라드 광장

자본가도 지주도 모두 처형한
공산주의
똑같이 나누어 평등이 살자는
마르크스 레닌의 청신했던 이념
그러나 그 정치 74년
허울 좋은 정치는 가난과 부패만 남고
레닌그라드 광장은 함성으로 가득했다
상여도 장송곡도 없는
공산주의의 종말

별을 보며 일터에 가자는
샛별과 망치와 낫
그 붉은 깃발 간곳없고
청靑, 홍紅, 백白
그 백러시아의 삼색 기三色旗
다시 펄럭이고
레닌그라드 광장이며
천안문광장의 그 장송곡

들었는지? 못 들었는지?

아비도
어미도 모두 잃은 철부지는
폭죽놀이가 한창이다

제 **2** 부

아름다운 담장

무제|無題

공자님은

15세 [弱冠]에 학문에 뜻 두어

30세 [而立]에 경지에 이르고

40세 [不惑]에 흔들림이 없고

50세 [知天命]에 천명天命을 안다, 하였다

70년 세월

귀신 이야기도 듣는다는 이순耳順에

겨우 학문을 알았으니

언제

불혹不惑이며 지천명知天命을 알까?

보릿고개

아흔아홉 구비 대관령보다
더 크고
높은 고개

세상에서 제일 힘들고
제일 긴 고개

옛날 그리고 옛날
그 보릿고개가 있었다

* 진락공(眞樂公) : 고려 때의 학자 이자현(李資玄, 1062~1125).

입[口]

말은 그 사람의 인품

걷는 사람 위에 뛰는 사람
뛰는 사람 위에 나는 사람

우리 몸에는
눈[目] 둘
귀[耳] 둘
입[口] 하나

보고 듣는 것 많이 하고
말은 조금 하라는 약속

그러나 세상에는
4개의 눈과 귀 보다
입이 너무 많다

대나무

세상 욕심 모두
비우며 사는 나무

옹골찬 마디
절의絶義의 생장점에서
하루 한자씩
키가 큰다는 나무

그 청빈
그 절의節義
쪼개질지라도, 결코
휠 줄 모르는
군자 중 군자의 나무

오월

오월엔
어린이 날
어버이 날
스승에 날
부부의 날이 있다

세상에서 제일 예쁘고 착한 아이들
세상에서 제일 고맙고
제일 감사한 분들

5월엔
삭막했던 거리도
앙상한 나무들도
푸른 예복으로 단장을 하고
인사를 나온다

문이 닫힌 간이역

열차가 몇 차례 멈췄다 가면
종일 비어 있던 간이역
오늘 문이 닫혔다

온 사람, 간 사람도 없는
역사엔
절지동물들이 집을 지키고
하얀 기적 소리로 달려오던
3등 열차는 보이지 않는다

낯선 거리로 변하고 있는 마을
간이역은 고아 마냥 외롭다

어딘가 떠나고 싶고
누군가 기다려지던 그 대합실
문이 잠긴 채
한낮의 햇살만 기웃거린다

펄럭이는 부동산의 현수막들
시골 마을의 옛 간이역 뜰엔
누구의 승용차일까?
그랜저, 쏘나타, 아반데…

간간이 지나는 전동열차는
멈추지 않았다

운동장

운동장에는 아침저녁
쳇바퀴 돌듯
사람들이 조깅을 한다

자전自轉 축으로 도는 사람
시계 축으로 도는 사람
각양각색의 모습
각양각색의 행보들

앞만 보며 걷는 사람
땅을 보며 걷는 사람
다리 젓는 사람
허리 굽은 사람
토끼걸음
거북이걸음
간섭하는 이 없는 운동장에는
온갖 사람들이
세상 이야기를 하고 있다

각질들

보이게
보이지 않게
수없이 떨어지는 각질들
사람들은
더럽다 한다

우리 피부를 보호하여
보온에서 항균抗菌까지
목숨을 다한 몸의 세포들
아흔 날의 삶과
아름다운 죽음을
우리는 더럽다 한다

사진을 보며

사진 속
아버님보다 더 늙은 아들
잔금이 모자란 직불카드를 갖고 다녀도
부끄럽지 않은 나이
찻집에서
음식점에서
후배들이 선뜻 나서며
"젊은 사람들이 선생님보다 더 넉넉해요!" 한다

취한 날이면
내 집까지 동행해 주는
고마운 이웃들
문득, 아버님을 생각한다

만월滿月

어머니!
어머니!
젖을 물릴 때면
언제나 환한 얼굴

세상살이 힘들고 어려울 때
어머니를 생각하면
솟던 힘

임종의 어느 날
기다리고 기다리던
이 못난 아들
차디찬 손 꼭 잡고
주~루~루~ 눈물 흘리시며
마지막 눈을 감으시던
어머니 얼굴

언제나 환한 빛으로
제 길을 열어 줍니다

신神

신은 인간의 우상
누구나 있고
누구나 없다
신은 있으나 존재하지 않고
보이지 않으나 영원하다

신이 있으므로 인간은
바른길을 간다

아름다운 담장

담장은 있어야 한다
높은 담장은 감옥의 담장이요
교만의 담장이요
고독의 담장이나
낮은 담장은
대화의 담장이요
나눔의 담장이다

아름다운 담장은 있어야 한다

춘천 발치리 장승제

산꿩 울다간 솔밭
농악소리, 독경소리
산골은 요란하다

묵밭 가
무쇠솥엔
메밥 국밥이 끓고
아낙들은 분주하다

징이 운다
장구소리, 북소리, 꽹과리소리
30년 소나무로 만든 장승 부부
불끈 튀어나온 두 눈
싸울 뜻 토라진 얼굴
사람들 덩실덩실 춤을 춘다

돌 하나 주워 그 앞에 놓고
돌 하나 주워 그 앞에 놓고

절을 하는
소원을 비는 사람들……

근심 걱정 없을 듯한 저 여인의 소원은 무엇일까?
삼짇날 온다는 제비는 오지 않고
겨울이 두고 간 찬바람만 들판을 오간다

솔밭길 장승 부부
나란히, 나란히 서 있다

담양 소쇄원瀟灑園

울울창창한 대밭 돌아들면

푸른 댓잎으로 세상을 가린

별유천지別有天地

물이 다섯 번 돌아 흐른다는

오곡문五曲門 앞

연輦도, 덩[德應]도, 사인교四人轎도

오를 수 없는 외나무다리

그 비탈 돌아들면

제월당霽月堂, 광풍각光風閣이

옛 선비의 풍모를 이야기한다

당쟁의 탁류와 스승 조광조趙光祖의 부음

속진俗塵을 떠난 양산보梁山甫

세월의 이끼 속절없어도

그 절의節義 향기롭다

바람 소리의 죽림竹林

고매한 선비의 넋인 듯

또-도-독! 똑! 똑!
딱따구리 한 마리
썩은 옹이를 쪼고 있다

비목제에서

― 2008.06.25.

누구의 것인지도 모를
철모 하나
나무 십자가에 걸려있다

총탄과 포연 속 그 철모
조국이 있었기
죽음도 두렵지 않았던
죽음의 능선도 단숨에 치닫던
어느 병사의 철모

참담한 날은 가고
그 날의 철모는
총탄이 뚫린 채
붉게, 붉게 녹이 슬고
산길엔 아무도 오지 않았다

운악산雲岳山

철원 벌 가는 길에
우뚝 앞을 막는 산

구름 위 나무인 듯
나무 밑 구름인 듯
흰 바위로 둘린 장엄한 산

옛날 민주투사의 한 분
장준하 선생이
즐겨 오르던 산
이 산에서 선생은
원인 모를 죽음을 맞아
세인들 기억에
아픔으로 남아 있는 산
산은 변함없는데 기억은 쓸쓸했다

흰 바위가 구름 같아
운악산인가 보다

소나무

서기瑞氣의 가지마다 짙은 향
모진 계절에도 모습 하나 흩트리지 않는
오덕五德을 지녔다는 나무

벼슬까지 받은 그 나무
속리산엔 세조의 정2품송正二品松
태산泰山엔 진시황의 5품관송五品官松
십장생의 하나인 그 소나무

세간의 여염집이며 신당의 처마 밑
부정을 물리친다는 그 솔가지
집에는 상량신上梁神
마을엔 서낭신[城隍神]

천신天神도 내려올 때
솔가지 타고 온다는 그 나무
다산, 부귀, 장수
임금님 용상에도

다섯 그루 그 소나무
소나무는 언제 보아도 아름답다

청평사 서천西川

절의 서편 계곡을
운림雲林이라 했다
크고 작은 나무들에 무성한 가지들
햇살도 뚫지 못하는 숲이 되고
물이 흐르는 계곡은 터널이 되었다

그 물길 따라 오르면 선동仙洞
바위, 바위들
거친 물살에 몸들 곱게 씻고
자태를 뽐낸다

맑은 물의 공주탕公主湯
물 위에 갈잎 하나 떠 있고
청개구리 한 마리 헤엄을 친다.
누가 이 계곡을 선동이라 했나?
나도 잠시
전설 속의 신선이 된다

구성폭포九聲瀑布

아홉 가지 소리 들린다는 폭포
새소리, 바람소리, 물소리
또 무슨 소리일까?

30척 절벽을 서천西川 물이
날마다 재어보고
또 재어보고……

아찔한 깊이엔
기억을 잃은 산천어들이
종일, 용소를 맴돌고 있다

복원되는 문수원기文殊院記 비碑를 보며

천년고찰 청평사에서
처음 느낀 감격, 그 흥분

경운산慶雲山이 청평산淸平山이 되고
백암선원白巖禪院이
보현원普賢院이 되었다는 그 역사보다
깨지고 잊어진 천년의 귀품
금석문金石文의 그 점판석 비문

고려 명신 김부의에 문장
고려 왕사王師 탄연의 신필神筆
그 청평산문수원기淸平山文殊院記
오석의 석판에 옛글이 현현顯現함은
감격이요 놀라움 아닌가?

그 비문 읽고 깨우침을 받았다는
원진국사圓眞國師
깨우침으로 법등法燈 밝혔다는

나옹선사懶翁禪師

깨우침의 그 비밀 알 수 없어도
어찌 감격이요, 감동이 아닌가?
불끈불끈 솟는 세상 탐욕도
그 앞에 서면
법문 읽지 않아도
경을 외지 않아도
느낌의 행복, 느낌의 평화.

화려한 권세 초개같이 버린
고결한 인품의 진락공眞樂公
청정을 낙으로 능엄경楞嚴經을
강론하던 그 65세
영지影池에 오봉산 잠기듯
청평사는 진락공으로 더욱 아름답고
고마운 이들 있어 춘천은 부끄럽지 않다

제 **3** 부

봉의산을 바라보며

이천문학利川文學

「이천문학」을 받던 날,
그 책을 보다 잠이 들었다

성지월 시인밖에 모르는
경기도 이천에서
종일 즐겁게 술을 마셨다
기억할 수 없는
얼굴들과 또 얼굴들……

전화벨 소리에 문득 잠을 깨니
생시인 듯 꿈인 듯
그 얼굴들 간 곳 없고
아내만 집을 지키고 있었다

시제時祭

처음 나라를 개국하던 때
선조들은 하늘[天神]에 고하였네
인간들이 사는 땅과
천신天神들이 사는 그 사이
천제단天祭壇을 쌓고
"나라의 번영과 백성들의 안녕을 위하여—"

그러한 산이
밝뫼[白頭山, 太白山], 슬뫼[牛頭山, 伽倻山]이고
그 날은 개천절이 되어
그달을 달 중의 으뜸 달이라 하여
시월상달十月祥月, 상월上月이라 하였네

그리고
그러한 고조선의 유습遺習은
부족마다 전해져
부여에는 영고제迎鼓祭
예濊, 맥貊은 무천제舞天祭

변한, 마한은 시월제十月祭

민가에는

시제時祭, 십제十祭가 되었네

무제無題 · 2

강물이 흘러간 자리
돌들이 남고
구름이 떠난 자리
별들이 있다

우리 떠난 자리엔
무엇이 남을까?

태풍 루사

태풍 루사가 쓸고 간 마을
집들은 흙 속에 묻혀 지붕뿐이고
논들은 모래펄이 되어
벼 이삭만 남아 있다

팔십 평생에 처음이라는 농부는
집도 밭도 모두 쓸고 간
모래펄에 누워
"이곳이 내 집터"라 목이 메인다.

무심한 햇볕
언제 태풍이 왔었느냐? 희롱하듯
쨍쨍하고
흰 연막의 방역차만
텅 빈 마을을 돌고 있다

하늘의 로또

― 2014.03.10. 저녁 뉴스를 보며

별이 떨어졌다
우주에서……

학자들은 운석이라 하고
시민들은 하늘의 로또라 하였다

농가의 비닐하우스
들이나 논밭
꼭꼭 숨었다

경남 진주
〈로또〉 찾아 나선 많은 사람들
문화재청은
〈반출금지〉의 경고와 함께
우주의 신비를 밝혀낼
중요한 자료라 하였다

봉의산을 바라보며

춘천의 진산鎭山
그 봉의산鳳儀山

사람들은 이야기한다

'봉황이 날아와 앉는 모습 같다.'
'봉황이 날아가려는 모습 같다.'

똑같은 모습을 보며
서로 다른 생각들
긍정적인
그리고 부정적인……

긍정적 생활 속에 행운이 있듯
행복은 언제나
그 마음속에 있었다

안화산鞍華山

진군하듯 정상을 향해
곧게 뻗은 나무들이
종횡으로
키와 거리를 맞추고 있다

고향이 다른 병사들이 전선을 지키듯
수종樹種이 다른 나무들 서로 어울려
산을 지키고 있다

밑에서 보면 천 리
걷다 보면 지척
등성이마다, 구릉마다
정상으로 오르는 오솔길

산이 말안장 같다 하여
안마산鞍馬山 또는
안화산이라 하는 산

성하, 산택, 일영
산길 오르는 좁은 등성이
붉은 핏줄 같은
교목의 뿌리들이 발끝을 잡는다

상쾌한 정상
힘들던 세상이 발아래 있다

오랑캐꽃

아이들은 앉은뱅이 꽃
제비꽃
반지꽃이라 부른다

땅 밑 낮게 뿌리내리고
보랏빛 앙증스러운 꽃

웬일일까?
어른들은 '오랑캐꽃'이라 했다

옛날 이 꽃이 필 때면
국경을 넘어온 오랑캐들
약탈, 살인, 방화
그 아픔 아직 남아
어른들은 그 꽃을
오랑캐꽃이라 부른다

해바라기

바벨론의 사내들 무어라 해도
기다림 하나
노란 레이스의 모자
깊게 쓰고
까맣게 타버린 얼굴

하루 또 하루
온갖 유혹에도
자세 흩트리지 않는
기다림 하나로 행복한 꽃

문명

50년대 60년대
날짐승
들짐승
모두
양식이었다

그러나
세월이 바뀐
오늘
그들도 생명임을
처음 알았다

금슬琴瑟

사람들은 이야기한다
땅에선 연리지連理枝
하늘에선 비익조比翼鳥

뿌리는 달라도
몸이 하나가 된 나무
몸 하나에
머리가 둘인 새

사람들은
땅에서는 연지리처럼
죽어서는 비익조처럼 살자 한다

단오

마른 가지들이 화려한 옷을 입었다
5월,
창포물에 머릴 감은 여자들이
널을 뛰고, 그네를 타고
사내들은 씨름대회를 하였지

여름의 시작인 단오절
나랏님은 산하들에게
부채를 하사하고
민가에선
고마운 분들께
동지에는 책력冊曆
단오에는 단오선端午扇을 선물하였지

고대에 풍년을 기원하던 기우제가
풍성한 축제가 된 오늘
우리는 단오를 4대 명절이라 하고 있지

인품 · 1

"주러 와도 미운 놈 있고
받으러 와도 이쁜 놈 있다." 했듯
인품을 갖출 때
예우를 받는다

마귀할멈

마귀할멈
나이도 부끄러운 줄 모르고
혼자 잘난 체한다

주는 것보다 받는 것을
칭찬보다 잘못을
더 이야기하는
혼자 잘난 마귀할멈

세상일 자기가 다 아는 듯
뽐을 내며 홀로 우쭐한
빗자루 타고 하늘을 나는
동화 속 그 마귀할멈

사군자四君子

필요한 것 외엔
욕심이 없는
조선 선비들

빈 공간
매화 한 가지
난 한 촉
그 기품 고아高雅하다

요양원 양지마을

모두 다른 삶의
낯선 얼굴들 모여
한 가족이 되었다

앉아있는 사람
누워있는 사람
순진무구한 그 표정들……

화려하던 젊은 날
그 기백
그 자존심
모두 어디 두고
초라한 얼굴들……

그래도
긴 겨울 지켜 줄
양지마을 있어
마음 아늑하다

요즘 세태

어느 음식점에서 바게트 한 쪽 먹고 있었다
옆에는 젊은 부부들이 삼겹살에 소주가 한창이고
술을 모르는 4~5살 아이는 실내를 헤집고 다녔다
그들이 먹는 일에 열중하는 동안
아이는 내 바게트에 눈을 두고 있다
미안스러워 얼른 반쪽을 잘라주니
바라보던 집주인이
"할아버지 고맙습니다. 해야지!"
아이에게 말할 때
먹는 일에 열중하던 그 어미
화들짝 놀라며
"감사하긴 무엇이 감사해요!"

귀한 자기 아들에게
먹던 것을 주었다는 그녀의 표현
주인과 나는 민망했다
후에 알고 보니
이웃 해장국집 주인이란다

스승과 제자

스승이 존경받을 때
교육이 바로 선다는 목소리
목소리들……

학생이 잘못하여
선생님이 회초리를 들면
경찰서에 신고하겠다, 는 학생들

아이들 말은 알아들어도
스승의 말은 못 알아듣는
학부모들

스승이라는 존엄한 직책을
스스로 노동자라 하는
노동자 선생님들

오늘 TV에서
임 병장 총기 난사

윤 일병 구타 사건 뉴스를 보며
우리 교육을 다시 생각했다

꽃 예쁘다, 물 많이 주면 뿌리가 썩고
아름다운 정원수
가지를 쳐주지 않으면
쓸모없는 나무 되듯
가정교육
학교교육……

귀한 자식 매 한 대 더 때리고
미운 자식 떡 하나 더 주라는
옛말이 있듯
상식 밖의 세상일들을 보며
잘못된 학교교육
잘못된 가정교육을 생각했다

동인지 창간 40주년에

춘천의 명산 삼악三岳
춘천의 시 동인 삼악시三岳詩
이곳의 30대 문학인들
그 열정, 그 의욕들
문학의 불모지란 이곳
그 오명을 씻고자 모였을 때
그 의욕은 한 권의 책이 되었지

삼악시 1권, 2권, 3권…
아, 누가 알았으랴, 그 동인지가
전국 14개 동인지의 하나로
한국문화진흥재단의 지원대상이 될 줄을

전북 시인들의 〈全北文學〉,
광주 시인들의 〈圓卓文學〉
조치원 문인들의 〈白樹文學〉,
영남 시조시인들의 〈落江〉
청주 문인들의 〈內陸文學〉,

속초 문인들의 〈갈뫼〉
마산 문인들의 〈馬山文學〉,
영남 창녕의 〈昌寧文學〉
충북 제천의 〈文學〉,
춘천 시인들의 〈三岳詩〉
부산 문인들의 〈南部文學〉
그즈음 새로 창간된
진주의 〈흙과 바람〉, 전주의 〈숲〉
천안의 〈돌뫼〉 등이었네

이렇게 새로운 모습으로 긍지를 가질 때
선망(羨望)의 대상으로 바라보던 그 이웃들…
어언 그 세월 37년
시대가 바뀌고 문화가 바뀐 오늘
자랑스럽던 그 옛날은 역사가 되고
삼악산이 춘천을 지켜 오듯
묵묵히 고향을 지키고 있네!

물푸레나무

물푸레나무는 단단한 재질의 교목
낫자루, 도낏자루
서당에선 회초리로 썼다

급제한 선비가 고향에 오면
제일 먼저 찾아 가
큰절 올린다는 나무
선비들에 절을 받던 나무
매가 있어 참 배움을 알고
매가 있어 그 영광 얻었다는
스승의 나무

문명의 첨단을 걷는 오늘
스승의 매를 폭력이라 부르는 오늘
'높고 높은 하늘이 또 하나 있다.' 는
'스승의 노래' 는 무색하다
물푸레나무는 어디에도 없다

제 **4** 부

보문사 마애 석불

철원에서 · 1

철원은 신라 때 철성鐵城
궁예가 도읍을 송악으로 옮기면서
동주東州 그리고 철원鐵原이 되었다

철은 우리말 쇠로
권력과 힘과 무력의 상징
칼과 창이 그렇고
투구와 갑옷이 그렇듯
철원은 예언된 싸움터였다

포탄 총탄으로 초토화된 마을이며
28만 포탄에 산봉우리마저 날아간
백마고지
전쟁의 그 고통에서 깨어나지 못한
철원은 비참하다

궁예 때의 동주 또한 <쇠 고을>
우리 옛말 동東이 <시. 새>이듯
<쇠>와 동음인 우리 옛말이 된다.

철원에서 · 1
— 공산당 당사 마을

병사들의 허락을 받고야
들어갈 수 있는 마을
땅은 넓어도 주인은 없고
집은 있어도 사람 살지 않는 곳

무너지고 부서진 콘크리트 벽이며
깨어지고 파인 총탄 자국
창문은 있어도 유리창이 없는
싸늘한 공간 사이로
봄, 여름, 가을, 겨울
계절은 변함없이 찾아와
온갖 향기 뿌리고 있다

떠난 주인들은 언제 돌아오려는가?

철원에서 · 3

텅 빈 벌판 찬바람 몰려다니고
수백 수천 재두루미 왜가리
머리 들먹이며
텅 빈 논에서 먹이를 찾고 있다.

전투복의 병사들과 삼엄한 방호벽
초소 정지선에서 초병들이
관광객을 확인한다

35년 전
세계가 놀란 그 땅굴을 보려
사기막골로 가는데
철새는 겁도 없이 휴전선을 넘어온다

낮에도 음산한 산골
45도 각으로 총을 든 병사들에게서
헬멧을 받아 쓰고 땅굴로 내려간다

전쟁이 누워있는 지하 45미터
북한군이 일구월심日久月深 파 내려온 땅굴
그것을 찾아낸 우리 국군들
싸늘한 동굴 벽 위엔
"총성은 멎었으나 전쟁이 끝난 것은 아니다."
쓰여 있다

물방울이 암벽을 타고 흐르는
동굴 이곳저곳
남으로 TNT을 박던 흔적들이며
천정 위로는
우리 병사들이 굴을 찾던 때의
시추 공혈孔穴들이 이곳저곳
그날의 역사를 이야기하고 있다

6.25 전쟁 때는 탱크로
휴전 때는 땅굴로
끝없이 이웃들을 놀라게 하고

불안케 하는 음흉한 사람들
동행한 사람들이 이런 말을 했다.
"남침 땅굴을 제안한 사람은 큰 상급을 받았겠지요?"

인가도 없는 마을
무너지고 부서진 집들의 적막
살아 있는 것은
참호 속 전투복의 병사들뿐이다.

죽은 도시의 새 아침은 언제 오려는가?

때 없는 촛불시위 그 사람들
이 슬픔 알고나 있을까?

철원에서 · 4
— 통일 음악제

'쇠의 언덕' 철원
평강, 철원, 금화
작전명 「철의 삼각지」

낮에도 얼굴에 문신을 하고
행군하는 병사들
입산 금지의 잡목 숲엔
황갈색 〈지뢰〉 팻말들

인적 끊긴 지 50년
들쥐들만 오가는 유령의 집들
들판에 홀로 서 있는 노동당사
유리창도 없는 창들은 해골 같다

아, 누구인가?
듣는 이 없는 황량한 벌판에
고운 노래를 두고 가는 사람들
두고 가는 사람들······

통일을 염원하는 이곳 사람들의

'통일음악제'였다

월정역月井驛

입으로 천 모금 물을 길어
아버지 병을 고쳤다는 그 월정
기적 소리 멎은 역사엔
철원鐵原 ↔ 가곡佳谷 이정표가
지친 듯 기울어 있고
철길이 끊긴 들판엔
토성土城과 철책이
동서로 이어져 있다

밤도 낮도 없는 지하벙커엔
지친 병사가 하루를 쉬고
역장도 승객도 없는 월정역사엔
멎은 지 오래인 기차가 붉게, 붉게
녹 쓸어있다

전망대의 광장
하루의 피곤을 푸는 병사들은
신명 난 에어로빅에 몸을 흔들며 운동을 하고

살벌함에 경직되어 있던 여행객들은

경쾌한 리듬에

손뼉을, 손뼉을 치고 있다

영월 장릉에서

나라님의 능이 산속에 있다.
영월 영흥리 산 1087번지
동을지산冬乙支山 기슭

악연도 인연이라
수양대군과 단종
숙부와 조카

굽이굽이 등성이 길
호장 엄흥도嚴興道의 산
조선의 여섯 번째 임금
열일곱 어린 단종이 누워있다

복위를 꾀하던 사육신
절개를 지킨 생육신

명부엔
그런 슬픔
그런 패륜도 없겠지요

청령포

혼자 울던 새
혼자 울던 3년 왕

모두 떠난 어가는
비어 있고
그 울음 들었다는
관음송만 푸르다

슬픔 건네주던 포구
오늘도 깊고 푸른데
궁궐 향한 서산은 육육기암六六奇巖이다

곧은 적송 사이
오늘도
햇살 변함없고
포구엔 관광객만 몰려온다

청령포 관음송

청령포 솔밭은 하이힐의 미녀들 같다
훤칠하게 큰 키에 아름다운 청송들
강강수월레 하듯 손을 잡고 둘러선
아니면 말 못 할 비밀이라도 있듯
머릴 맞대고 대화를 하는 듯
침묵하는 솔숲

그 솔밭길 들어서면
금송金松, 한송韓松들
관음송 앞에 배알 하듯 서 있고
특유의 향기 속
바람은 분주하다

단종의 그 눈물
그 울음
모두 들었다는 나무
말 못 할 울분 때문일까?
하늘 오르던 상수리 가지

다시 굽어 솟는 용트림

다섯 아름의 등걸은
오랜 세월에 지쳐
지팡이 하나 짚고 있다

영월 그리고 두 방랑시인

— 김삿갓 축제에

조선 시대 두 방랑시인

조선 중엽의 매월당 김시습

조선 후기의 김삿갓 김병연

시대가 다르고 본향이 다른

강릉 관향貫鄕의 김시습

장동安東 관향의 김병연

그리고 그 다섯 살의 기연들

다섯 살의 김시습은 세종임금 앞에 시를 지어

신동이란 칭송과 함께 크게 쓰리란 언약,

다섯 살의 김병연은 선천 방어사였던

할아버지 집에서 홍경래의 란을,

누가 알았으랴!

그 다섯 살의 인연들이 운명이었음을…

단종 폐위 소식에

책 불사르고 집을 떠난 김시습

영월 향시에
할아버지 탄핵의 글로 장원이 된 김병연
그리고 그 가출들

조선 팔도를 내 집같이
떠돌며 살던 두 시인
이 무슨 기연일까?
그 너른 땅 모두 두고
산 첩첩 영월에 모셔진 인연은?

김시습은 생육신의 한 사람으로
영월 육신사六臣祠에,
김병연은 하동면 와석리 뗏집에,

기막힌 우연의 두 사람
그리고 그 영월

영월 금강정과 낙화암

금강정 동편
동강을 딛고 선 단애의 벼랑
악귀의 머리를 한, 흰 암벽들이
무서운 얼굴로 웅크려 있다

어린 단종이 사약 받던 날
그 시종과 시녀들이
몸을 던졌다는 낙화암
슬픈 역사의 강물 위엔
그 날처럼 산그늘 내려와 있고
산 위엔 아무도 없다

순절의 넋을 모셨다는 민충사愍忠祠
홑처마 맞배지붕의 사당은 꼭꼭 닫히고
금강정을 사이한 숲 그늘엔
저녁 어둠만 쌓이고 있다

마이산 · 1

두 산봉이 마주 선 계곡
천지문天地門이라 했다

하늘에도 레미콘이 있는가?
말의 귀를 닮았다는 산은
온통 자갈과 모래
수성암 사암이다

아득한 날
누웠던 강이 솟고
뻗어 내리던 산이 함몰할 때
태어난 벌거벗은 봉우리
오랜 풍상에 긁히고 패인
얼룩진 산 등 위엔
난쟁이 소나무들이 산을 지키고 있다
사람들은 이 산을
한국명승 제12호라 하고
마이산이라 부른다

마이산 · 2

벌거벗고 마주 선 두 봉우리
천진스런 오누이
아니면
금슬 좋은 부부

다 드러낸 앙가슴
샅 가운데 옥문玉門
비밀스런 그 속엔
아들도 딸도 아닌
연화경, 화엄경이 나왔다는
화엄굴은 촉촉이 젖어 있다

쨍쨍한 낮
햇살도 비켜 가는 솔숲은
한여름도 시원하다

마이산 천지탑天地搭

효령대군 16대손 이갑용 옹이
천지음양天地陰陽 이치로 쌓았다는 돌탑
돌 하나의 정성
돌 하나의 품성
그 성정은 탑이 되었다

어디서 온 돌들일까?
눕고 업히고 덮인 크고 작은 돌
곳곳의 돌들은 모여 하나가 되었다

한국의 미는 곡선에 있듯
신들의 상에나 놓일
호리병의 술병들
사람들은 천지탑이라 부른다

전등사

몽고의 끝없는 침략 그 28년
나랏님의 은거지 그 강화
전등사도 성벽을 쌓았다.

충렬왕의 원비가
등잔을 봉헌하여
진종사라 하던 절이
전등사가 되었다는 절
불전의 조각이며
처마 밑 장화반長花盤
옛 향기 그윽하다

누가 보았나?
대웅전 네 귀퉁이
용마루 받들고
쪼그려 앉은 벌거벗은 여인
도편수의 사랑과 미움이
전설로 남아
발길 멎게 하는
대웅전이며 그 전등사

강화도 외포리에서

외포리 포구
승객 300명의 바지선 선상 위
많은 승용차와 승객
2층 창가엔 젊은 남녀들
고동 소리 멀리 배가 떠난다

선미 난간 갈매기들
연인들이 그 난간에서 먹이를 던지면
새들은 곡예를 하듯 그 먹이를 채어
날아가고 또 날아오고…

15분의 뱃길 석모도
썰물엔 섬이 되고
밀물엔 바다가 되는
해안의 크고 작은 바위들
거친 파도는
검은 개펄을
모질게, 모질게 쓸어내고 있다

보문사 마애 석불

신라 고찰의 보문사
극락전 뒷길 따라
해발 220m의 낙가산
승천하듯 부처님 한 분
백암白巖 벼랑에 서 있다

새벽길
어느 천계天界의 인연일까?
친견親見의 산길 오르는
그리고 내려오는
스치고 스치는 그 인연들…

불전 앞
108배 하는 사람
염불 외는 사람
저마다의 성스런 불심 앞에
불법을 모르는 나는
장승처럼 서 있다

상쾌한 아침의 서해바다
부처님의 머리 위 눈썹바위는
햇빛 가려주는 부처님 모자 같다

홍도 · 1

솟구치던 용암이 멈춰 버린
서해 끝 섬, 홍도
독립문바위, 병풍바위, 돛대바위
남근바위, 남문바위
그 형상들 경이롭다

바위 벼랑 위
학처럼 서 있는 해송들과
민둥산 위로는
정상을 향해 진군이라도 하듯
노랗게 피어오르는 원추리 꽃들…
유람선은 섬 주위를 돌고 있다

무슨 부호일까?
바위벽마다 둥근 원형의 표시
우주의 암호 같다

인가도 없던 외딴 바위섬

가난뿐이던 마을은
관광지가 되면서 부촌이 되었다

세상은 돌고 도는 것

홍도 · 2

끈적한 해풍이
얼굴을 스치는
어선보다 유람선이 많은
포구에서
우럭에 〈잎새주〉를 마신다

처음 만난 우군
끝인가 하면 또 시작인
수평선을 마주하고
우리는 서로의 잔을 부딪는다

마을 오르는 암벽 길
숨 막히게 붙어선 집들과 상점들
골목 기어오르는
삼륜 오토바이가 앙증스럽다

홍도 · 3

유람선을 타고 섬 뒤편에 이르니
웬일일까?
예고도 없던 짙은 안개가
바다 위 구름 기둥으로 서서
유람선을 꿀꺽 삼킨다.

두려움의 바다
공양미 삼백 석에 몸을 던졌다는
심청의 그 인당수를 생각했다
창백해진 얼굴들
겁에 질린 얼굴들
칠흑의 그 구름 기둥

유람선은 겁도 없이 그 속을 빠져나온다

높이 솟은 회오리의 물 안개 기둥
그 기둥은 허공에서 조각조각
구름이 되어 흩어지고 있었다

흑산도 · 1

떠나고 싶은 열망의 배들
부두에 묶여
뱃고물* 들썩인다

드는 배
나는 배도 없는 바다
해는 졌는데 바다는 붉다

최익현, 정약전이
귀양 살다 떠났다는 섬

해난, 조난의
첨예 병들이 머무는 흑산항
곳곳에 양식 어장들이 이채롭다

* 고물 : 배의 뒷부분.

흑산도 · 2
― 홍어회

홍어, 전국예약 및 전국배달
크고 작은 간판들이 곳곳에 걸리어 있고
해안 길가로 이어진 상점들이
불을 켜고 손님을 맞는다

주점엔 마을 사내들 없고
객들만 앉아 있다

푸르다 못해 산처럼 검다는
흑산도
우리는 홍. 탁주를 청한다

홍어회는 뜨겁지도 않은데
우리는 고기 한 점 입에 넣고
후-후~ 헛바람을 불며
눈물을 찔끔 흘린다

입천장이 벗겨지고 입이 아려도

술 한 잔에 또 한 점의 홍어회
접시는 비어간다

큰 날갯짓으로 심해 누비던 고기
두엄 속에서 반쯤 썩혀야 맛이 있다는 고기
막걸리와 함께 먹어야 제격이라는 고기
나는 흑산도 바닷가에서
맛도 모르며 그 홍어회와
탁주를 마시고 있다

흑산도 · 3

옛날 전화도 무선도 없던 때
통신수단의 하나였던 봉화
이곳 봉화 터인 상라봉에 오르면
대륙의 산동성이 보인다기에
옛 성현[공자, 맹자]을 생각하며
그 정상 상라봉에 올랐으나
산동은 어디에도 보이지 않고
산 밑 노래비에서만
〈흑산도 아가씨〉가 구성진다

상라산 동백보다 더 싱그런
이미자의 〈흑산도 아가씨〉
누군가 끊임없이
노래비에 동전을 넣고 있었다

시와소금 시인선 094

하늘의 로또

ⓒ이무상, 2019. printed in Seoul, Korea

1판 1쇄 발행 2019년 05월 10일
지은이 이무상
펴낸이 임세한
책임편집 박해림
디자인 유재미 정지은

펴낸곳 시와소금
출판등록 2014년 1월 28일 제424호
발행처 강원 춘천시 충혼길20번길 4, 1층 (우-24436)
편집실 서울시 중구 퇴계로50길 43-7 (우-04618)
팩스겸용 (033)251-1195 / 휴대폰 010-5211-1195
이메일 sisogum@hanmail.net
ISBN 979-11-86550-89-2   03810

값 10,000원

* 이 시집은 2019년 강원도 강원문화재단 문예진흥기금으로 발간하였습니다.